글벗시선 213 윤소영 세 번째 시조집

바람이 시를 짓다

윤 소 영 지음

도서출판 글벗

_____ 님께

_____ 드림

세 번째 시조집을 출간하며

눈 깜박할 사이에 다섯 번째 작품집이자 세 번째 시집을 묶으면서 뒤돌아보면 웃음이 방긋방긋 피어오릅니다. 한편 한 편 쓸 때마다 감동의 물결이 일렁이듯 내 삶도 익어가는 듯합니다.

글쓰기는 나의 청춘을 엮어 가는 과정입니다. 나의 무대에서 춤을 추듯 세상에 나라는 존재가 살아 있다는 깨달음 속에서 윤택한 노년의 길을 걸어가고 있습니다.

끝없는 인내와 노력이 나를 바로 세우는 버팀목이 되었습니다. 그렇지만 가끔은 빠져드는 순간이 나에게 말합니다.

힘들면 잠시 쉬었다 가자고. 늘 등불이 되어 길을 밝혀주시는 스승님의 가르침이 나를 인도합니다.

문학의 길이란 녹록지 않은 잡초 같은 삶 속에 매 순간, 끝없는 바람으로 글로써 빚은 약속, 피어나는 봄꽃처럼 노래하는 시인이되기를 소망합니다.

2024년 3월 저자 글꽃 윤소영

■ 차 례

제2부 동백꽃 사랑

제3부 해오름 달숨

제4부 들꽃 향기

제5부 그리움이 비처럼

■ 서평

제1부
매화꽃 연정

매화꽃 연정

정겨운 돌담길 옆
꽃눈이 사뿐사뿐
싱그레 미소 짓는
뒤덮은 봄꽃 마을
순백은
꽃망울 열어
노래하네 꿈 희망

화과에 다홍 빛깔
코끝에 감미로운
향긋한 꽃내음에
젖어든 숨결만큼
늘봄아
살 보드라운
부들부들 춤추네

* 화과 : 꽃과 열매를 이르는 말
* 살 보드라운 : 아주 곱고 순하다

미운 사람

언제나 만나고픈
떠도는 구름처럼
애타게 부르지만
허공 속 그려보네
한줄기
찾을 수 없는
침묵만이 흐르네

기다려 눈물짓다
늘 혼자 달려가는
가엾은 들꽃이여
여운의 한숨 피네
인연 끈
놓아 버릴까
눈물 속에 잠드네

홍매화 연가

봄빛에 화월 품고
진홍빛 사랑 피는
우아함 매료되어
꽃향기 하늘하늘
떠난 임
그리는 마음
일편단심 물드네

봄의 이별

마음은 싱숭생숭
쓰디쓴 커피 한잔
흔들린 눈빛으로
뜨거운 눈물방울
구르는
들꽃에 숨어
숨바꼭질하려네

세월의 신기루

산기슭 온새미로
우거진 신기루는
곁들인 에메랄드
여울목 굽이 돌아
가는 해
환희 찬 너울
시나브로 흐르네

설날 아침

원단의 새해 아침
살며시 옷고름 푼
여명은 등불 밝혀
한 해의 시작으로
용의 해
밝은 꿈들이
그렁그렁 꽃피네

성게미역국

푸른 빛 바닷소리
그윽이 품은 내음

입맛은 베지근해
고소한 웃음 피네

싱그런
제주의 바다
그리워라 그 향기

바람꽃

자연의 조화로운
꽃잎을 헤집으며
뒤태의 아름다운
휘영청 붓질하네
바람꽃 매혹적인 빛
고운 자태 풍기네

포근한 시골 풍경
망설임 엉거주춤
뽀송한 솜털처럼
밝은 빛 웃음소리
꽃그늘 파고드는 숨
감미로운 그 미소

칼바람 옷깃 여민
풀숲에 뽀얀 달빛
영롱한 낙엽 속에
은밀히 피어난 꽃
강인한 마음에 움튼
속삭이는 봄이여

그대 찾아서

떨어진 잎새 위에
곱게 핀 내 사랑은
또르르 햇살 굴려
창가에 드리우는
밝은 빛
햇살 머무는
아름다운 그대여

못난이 뉘엿뉘엿
함지박 햇살이고
산기슭 꼬부랑길
헤집고 걷는 발길
종소리
임을 그리며
그대 찾아 가노라

홀로 가는 길

어둠이 짙은 저녁
창문은 덜컹덜컹
숨소리 허겁지겁
불빛이 손 흔들면
나 홀로
추억을 찾아
하염없이 달린다

시샘달 희망

갓밝이 보름달은
한 해의 복을 빌어
내 소망 걸어놓고
꿈 희망 펼쳐보네
해거름
밝은 빛 누리
녹아드는 그 향연

밝은 빛 맑은 구름
하늘빛 영롱하네
초록빛 주왁주왁
등짝을 밀어주는
춘풍은
손끝에 닿아
터질 듯한 시샘달

* 갓밝이 : 날이 막 밝을 무렵
* 주왁주왁 : 제주 방언

이런 일 저런 일

어쩌면 좋으리까
지긋이 스며드는
구멍 난 그대 가슴
붉은 빛 물들었네
흐르는
세월 속으로
마음 곳간 채우네

떠도는 구름처럼
애달픈 하소연에
순하고 여린 마음
어이 해 다시 필까
햇살에
내 마음 펼쳐
뽀송뽀송 꽃 피네

그대 먼 곳에

재 넘어 울퉁불퉁
비탈길 오솔길 숲
오롯이 그대 찾아
길섶에 흐트러진
홀로 핀
들꽃 향기에
아려오는 그리움

모닥불 사랑으로
야릇한 이끌림에
저녁놀 익어가는
대지에 피운 희망
촉촉이
젖어든 그대
영원하리 내 사랑

내 안에 그대

이슬 핀 눈망울꽃
까만 밤 별꽃같이
얼기설기 엮어서
처마에 매달았네
서서히 시간 속으로
흘러가는 내 영혼

핑크빛 해맑은 꿈
푸른빛 별빛처럼
촉촉이 스며들듯
향기에 취한다네
청아한 영혼의 울림
빛과 꽃등 켜는 날

오롯이 그대만을
등 뒤에 감춰놓고
애틋한 가슴 풀어
간절한 사랑 품네
볼웃음 넘치는 기쁨
사랑 노래 부르네

봄 향기

가온해 바람결에
활짝 연 들꽃 향기
아낙네 치맛자락
봄 향기 나풀나풀
서산에
임 그리는 맘
들꽃 같은 그대여

뾰족한 희망 음성
보고픔 입에 물고
냉이꽃 그대 얼굴
어스름 달빛 여운
촉촉이
젖어드는 날
아른아른 기억들

빠알간 태양

소중히 맺은 인연
사랑과 행복으로
오롯이 그대만을
그리움 아른아른
앙가슴
붉게 물드는
한결같은 내 사랑

하얀 밤 불 밝히는
가여운 그대 영혼
겹겹이 쌓인 여운
촉촉이 타오르면
그대는
그리움으로
피고 지는 사랑꽃

*털목도리 선물 받으면서 촉촉이 젖는 마음줄

고운 마음

붉은빛 심장 속에
타오른 열정으로
고운 빛 밝은 웃음
빛줄기 실에 꿰네
한 올씩
쌓이는 사랑
가슴 위로 흐르네

핏빛에 고인 눈물
흩어져 피고 지고
언제나 환한 웃음
청아한 영혼 울림
웃음꽃
안개 속 번진
아른아른 기억들

복수초

이른 봄 언덕배기
화월에 얼음새꽃
설상의 황금 빛깔
한 곳에 옹기종기
복수초
희망의 봄빛
바람 타고 흐르네

설련화 만발하는
낙엽 속 내민 얼굴
화알짝 피어나는
웃음꽃 나풀나풀
전령사
환한 미소에
꼬물꼬물 흐놀다

보말죽

돌 틈에 다닥다닥
바당 밭 청정지역
입맛을 현혹시킨
담백한 깔끔한 맛
보말죽
미역과 보말
사랑으로 숨 쉬네

걸쭉한 육수의 맛
매력에 흠뻑 빠져
젓가락 춤을 추는
쌉싸름 고소한 맛
푸른 밭
향토 음식을
사랑하라 제주여

* 바당 : 바다를 뜻하는 제주 방언

고기국수

향긋한 그릇 안에
노란 면 뽀얀 국물
젓가락 현란하게
빛처럼 후룩후룩
감칠맛
육수의 맛깔
부들부들 춤추네

한 조각 돔베고기
식감은 쫀득쫀득
윤기는 자르르르
꽃밭은 알록달록
한 그릇
베지근한 맛
채워지는 그 사랑

* 돔베고기: 삶은 고기
* 베지근하다 : 고기 따위를 푹 끓인 국물이 구미가 당길
정도로 맛이 있다

제2부

동백꽃 사랑

눈물짓는 동백

산기슭 붉은오름
흰 눈이 흩뿌리는

빠알간 체리 물고
끝없이 부르짖는

동박새
구슬픈 소리
흔들리는 동백아

동백꽃

여명이 돛을 달고
해오름 아련한 듯
심장을 뒤흔드는
꽃송이 떨구듯이
애절한
그리움으로
사각사각 꽃 피네

모란꽃

담장에 선 모란꽃
부푼 맘 사랑 품고
발그레 활짝 웃듯
사랑은 시나브로
진홍빛
향기에 젖어
생글생글 꽃 피네

녹두죽

동살에 햇살 밀어
하룻길 희망 메고
청아한 꽃 한 송이
구르는 이슬처럼
한 숟갈
생명줄 타고
차오르는 달콤함

비트 차

진홍빛 붉은 잔에
흔들린 마음 한 줌
물소리 헐떡이는
흐르는 전율의 춤
한 모금
타오른 심장
사랑꽃이 피었네

모란이 필 때까지

풀밭에 소담스레
양지 녘 둥지 털고
은홍색 붉게 물든
느긋한 고풍의 멋
황금빛 노오란 꽃씨
빠져드는 꽃내음

홍자색 요람에서
화려함 눈이 시려
떨구는 한잎 두잎
함박꽃 꽃 중에 왕
꽃망울 화들짝 놀라
데굴데굴 구르네

장독대 붉은 음성
숨죽여 속삭이듯
그대의 고운 숨결
볼웃음 다문 입술
해넘이 오지 않은 임
모란이 필 때까지

동백 꽃길 따라

붉은 놀 예쁜 숲속
어여삐 영근 청춘
별천지 시나브로
빛나는 향연 따라
은은한
꽃 숲길 정원
동화 숲속 거니네

담장 위 붉은 꽃등
별들이 모여앉아
고요한 이슬처럼
나무들 그네 타네
꽃송이
향기에 취해
사붓사붓 걷는다

홀로 가는 길

구릿빛 잿빛으로
멍울진 인생이여
갈바람 홀로 피운
세월의 무게만큼
가벼운
삶의 여정에
피어나는 꽃이여

동백꽃 사랑(1)

설월화 푸른 달꽃
봄빛을 품에 안고

잎 사이 붉디붉은
발그레 사랑 피는

차오른
생명의 불꽃
영원하리 한마음

동백꽃 사랑(2)

붉은빛 저고리에
진초록 치맛자락

꼬까신 분홍코 섶
순백의 하얀 얼굴

까르르
웃음꽃 피는
그대 찾아 가는 길

동백꽃 사랑(3)

꽃송이 또르르 똑
화들짝 놀란 동백

숨죽여 들썩이는
움츠린 작은 몸짓

아련한
가슴 언저리
멍울지는 그리움

동백의 삶

온 산하 그리움에
검붉게 번져가고

바람의 입맞춤에
꽃으로 피어나니

여울진
사랑의 흔적
대롱대롱 꽃 피네

동백에 젖다

칼바람 옷깃 풀어
함초롬 꽃잎인 듯
빛나는 햇살 품어
사랑꽃 피어오른
동백꽃
향기에 취해
사랑 찾아 가는 길

동백새 기다리다
검붉게 물든 꽃잎
진초록 흠모하는
애뜻한 그리움에
열매들
노을에 지쳐
태양 빛을 훔치네

동백이

푸른빛 붉은 꽃등
함초롬 다문 입술
실바람 등에 올라
꽃망울 활짝 열어
황홀한
천국에 온 듯
그대 사랑 품으로

두툼한 동백 송이
나뭇잎 그네 타고
꽃잎에 사연 담아
그대에 띄워 보네
언제쯤
오실는지요
향긋한 나에게로

사랑꽃(1)

동백꽃 향기 따라
포개진 마음 하나

짜릿한 그대 숨결
엎혀둔 가슴 위로

연리지
웃음꽃으로
피고 지는 오묘함

늙은 호박

끝없이 펼쳐진 밭
한 덩이 누런 호박
사랑의 꿈을 엮어
소담히 익어가는
해심찬
희망을 빚어
꿈을 찾아 채운다

함지박 햇살 담아
꾀꾀로 벨롱벨롱
달큼히 부드럽게
알알이 방긋 웃네
황금빛
내일을 향해
아름다운 꿈 꾸네

서리꽃

가지 끝 매달리는
영롱한 진주 방울

살짝이 윙크하니
화들짝 놀란 가슴

떨어진
대지 위에 삶
찾아가는 꽃마음

곶자왈 숲길

높다란 푸른 하늘
새들의 웃음소리
바람과 나무 사이
생명이 꿈틀거린
물소리
자연의 풍경
신비로운 곶자왈

경관의 푸른 볕뉘
계곡물 흰여울 빛
알알이 잎새꽃이
톡톡 피어오른 듯
어울림
찬란한 자연
물보랏빛 꽃 피네

* 볕뉘 : 작은 틈으로 잠시 비춰드는 햇빛
* 흰여울: 물이 맑고 깨끗한

사랑꽃 날다

마알간 하늘빛에
입김을 불어놓고

구름천 펼쳐놓아
창가에 붓질하니

분홍빛
들썩이는 맘
미소 속에 꽃 피네

사랑꽃 피다

해 질 녘 해안가에
해넘이 울긋불긋
해묵은 그리움에
꽃내음 밀려오네
바다에
그려놓은 맘
형형색색 물드네

빛바랜 추억들은
보랏빛 사연 적어
지금은 어드메뇨
바다에 펼쳐보네
물들어
동행할까요
향기어린 내 사랑

제3부

해오름 달숨

웃음꽃

담장 위 푸른 물결
주홍빛 박꽃들이

노란빛 갈래머리
빠알간 댕기 푸네

오롯이
애틋한 사랑
그대 찾아 가노라

웃음꽃 줍다

볼웃음 활짝 열고
꽃향기 나풀나풀

꽃분이 가슴 풀어
한 아름 채워 담네

사뿐히
그대 그리며
사랑 찾아 가는 길

곤밥 피다

춤추는 너울 빛에
현란한 불꽃놀이

별들이 머물다가
꽃송이 타오르네

바위틈
차오른 열꽃
사랑으로 영그네

* 곤밥 : '흰밥'의 제주 방언

끝없는 바람

인생은 오미자 맛
하나를 채워가듯
세월의 흔적 같은
빛바랜 경전처럼
흐르는
시간 속에서
하나 되는 기억들

산기슭 오솔길 섶
헤집고 닫는 발길
종소리 구슬프게
애틋한 그대 모습
길 위에
일렁거리는
그대 옷섶 사이로

해오름 달숨

천혜의 자연 숲속
바람이 연주하듯
피아노 음률 타는
대지를 깨우듯이
흔들린
하나의 잎새
사랑놀이 한다네

두메꽃 언덕배기
오솔길 나래 숲에
수줍음 발그레한
볼우물 살짝 여네
빛나는
눈부신 청춘
타오르는 미리내

* 미리내: 은하수

글길

중년의 바람으로
글로써 나눈 인연

맑음이 꽃 피우고
푸른 빛 돌고 도는

다솜이
하늘의 인연
글 고운 날 품으리

삼다도 소식

천년이 흐른 시간
울창한 숲속에는
고요한 숲길 따라
독특한 땅의 모양
은은한
숲이 말하는
아름드리 푸른 빛

자연이 빚은 소리
해맑고 맑은 웃음
숲 향기 풍겨오는
상큼한 푸른 마음
오호라
자연의 기쁨
시나브로 흐놀다

꽃 채운 날

해무에 덮인 강가
찬란한 물빛 아래
갓밝이 안개처럼
눈으로 담아 채워
청아한
낙엽 구르는
발쪽발쪽 빛나네

여우볕 사락사락
달안개 여울지는
운무가 춤을 추는
구름 속 들꽃이여
아침놀
사색과 함께
꽃 채운 미소 짓네

이슬꽃 피면

밤안개 이슬 피어
흐르는 물줄기에
향연에 녹아보는
저며 든 그리움이
흩어진
풀잎에 맺혀
희미해진 그 사랑

가슴이 뭉클대는
아늑한 그리움은
호수에 비친 마음
사슴을 닮은 사랑
촉촉이
내려오는 임
내 가슴에 맺히네

꼬까신 신고

오솔길 해놀 따라
영롱한 방울 꽃들

가지 끝 아그데는
바람결 퍼르퍼르

꼬까신
코섶 사이로
붉은 숨결 토하네

끄트머리 달

달무리 빚은 사랑
흔들린 마음으로
새초롬 젖은 미소
고요함 일깨우네
시린 맘 햇빛에 얹혀
가을빛에 타누나

달숨에 영근 사랑
흰여울 피고 지는
영혼의 흔들리는
함초롬 꽃잎인 듯
파르르 움츠린 입술
그대만을 사랑해

길 위에 아롱지는
구르는 다온 글꽃
시린 맘 너울빛에
달달한 크림 같은
한 조각 삼킨 여운에
웃음 피는 매듭 달

그대가 머무는 사랑

이슬 핀 눈망울꽃
까만 밤 별꽃같이
얼기설기 엮어서
처마에 매달리네
서서히 시간 속으로
흘러가는 내 영혼

핑크빛 해맑은 꿈
푸른빛 별빛처럼
촉촉이 스며들듯
향기에 취한다네
청아한 영혼의 울림
빛과 꽃등 켜지네

오롯이 그대만을
등 뒤에 안은 채로
애틋한 가슴 풀어
간절한 사랑 품네
볼웃음 넘치는 기쁨
사랑 노래 부르네

꽃향기 날다

꽃바람 터질듯한
아득한 불빛 아래

한 움큼 부여잡은
심장이 요동치네

흐르는
기억 저편에
맑은 누리 차오름

눈꽃이 되어

타오른 심장 소리
끝없는 울림 따라
유유히 넘나드는
흐르는 마음으로
긴 울림
바람의 설렘
빠져드는 눈부심

허공 속 그대 웃음
아련한 추억으로
목마른 그리움이
움트는 마음 한켠
따뜻이
적시는 마음
등불 아래 빛나네

가을은 사랑을 타고

침묵이 물든 기억
청마루 그린 글꽃
꼼지락 시어 행진
햇살 위 꽃신 신네
사랑은
마음씨 곱게
사뿐사뿐 노니네

해오름 아련한 듯
물안개 꽃피우는
그리움 아른아른
단풍잎 벨롱벨롱
가을이
놓고 간 사랑
한줌 열매 빛나요

꿈을 꾸다

푸른 빛 산 아래에
눈부신 청춘이여
들녘은 익어가는
풀꽃이 그득하네
시어들
무지개 타고
연천 하늘 뒤덮네

온 산하 왁자지껄
우렁찬 풍악 소리
터질 듯 울려 퍼져
내 안에 담은 글들
토하듯 피는 글꽃
온 누리
맑음이 피듯
아련 나래 퍼지네

발그레한 봄

빠알간 입술 위로
움츠린 작은 꽃잎
수줍은 그대 미소
아련한 흔적 찾아
봄꽃에
그려놓은 꿈
그대 찾아 나서네

심장의 붉은 열꽃
청순한 들꽃 같은
웃음꽃 빙삭빙삭
옥구슬 구르듯이
희망이
꽃송이 되어
피어오른 봄이여

* 빙삭빙삭 : 제주 방언 방긋방긋

황혼의 길

해맑은 아이처럼
순수한 맑은 눈빛

아련한 기억 속에
곱씹는 웃음 마당

황혼빛
영그는 마음
조각조각 춤추네

낙엽의 꿈

새들의 날갯짓에
햇살이 그네 타고

바람에 속삭이듯
춤추는 낙엽들은

동산에
걸어놓은 꿈
달빛 아래 꽃 피네

하나 되는 날

글로써 빚은 행복
입가에 미소 짓는
볼우물 살짝 열어
시어들 아장아장
책갈피
꽂아둔 글꽃
햇살 위에 꽃 피네

글로써 맺은 인연
겹겹이 쌓인 여운
하늘의 만국 언어
하나로 함께하는
영원히
함께하리라
하나 되는 날까지

제4부

들꽃 향기

바람이 시를 짓다

온풍에 내려앉은
새싹들 올망졸망

햇살이 머물다간
꽃잎들 알록달록

푸른빛
내 마음 펼쳐
바람이 시를 짓다

목련화

석양이 피어난 듯
그윽한 창가에서

진분홍 터질 듯이
매혹의 활짝 웃음

물오른
꽃들의 인사
달빛 사랑 꿈꾸네

자목련 사랑

골목길 휘어지는
붉은빛 자주색 꽃
햇살을 품에 안은
멋지고 고귀한 빛
두 톤의
색깔 머금고
절정으로 피우리

꽃망울 터질듯이
눈부신 아롱아롱
자목련 수줍게 핀
우아한 고운 빛깔
만개한
요술쟁이 꽃
유혹하는 봄이여

자목련 피다

해맑은 하늘 숲속
눈부신 자목련화
도도한 햇살처럼
바람을 다독이네
자연의
놀라운 섭리
신비로운 봄물결

고고한 여인 품격
독 쏘는 미소 향기
유난히 짙은 내음
임 사랑 애달프다
그리움
짓누르는 맘
향기 속에 잠드네

들꽃 향기

들꽃의 옷섶 사이
풍기는 들꽃 향기

사부작 사부작
빠져든 꽃내음을

어디에
담아둘까요
그리움의 그 향기

목련 아씨

새봄에 붉게 물든
목련꽃 나무 아래

살포시 옷고름 푼
아련한 꽃향기여

달콤한
사랑의 인사
한 몸으로 꽃 피네

콩깍지 사랑

어찌하면 되나요
그대 정말 좋은 걸

가슴에 그냥 담고
기다려야 하나요

이제는
망설임 없이
사랑한다 말해요

시집을 짓다

새봄아 햇무릿빛
연천에 뿌려다오

종달새 지지배배
봄 하늘 수놓았네

글 사랑
신나는 말글
맑은 누리 빛나네

민들레 사랑

늘봄에 햇살의 꽃
노오란 희망 메고
땅꼬마 기웃기웃
강인한 생명의 힘
화사한 웃음 머금은
도란도란 아기꽃

돋은 볕 푸른 초원
풀숲에 나지막이
노란빛 싱글벙글
영그는 푸른 씨앗
봄바람 향기 속으로
꽃이 피는 그날들

어느덧 호호백발
둥글게 피어나고
불현듯 풍등 타고
하늘을 날고파라
입김을 호호호 불면
희망 꽃씨 춤추네

* 돋은 볕: 아침에 해가 솟아오를 때

물오름달 풍경

온 산하 푸르름에
태양빛 엮어가듯
싱그런 봄의 절정
발그레 매혹적인
행복에
두둥실 피는
우리 사랑 영원히

보리수 사랑

산기슭 오솔길 섶
헤집고 닫는 발길
붉은빛 보리수는
가지 끝 대롱대롱
태양빛
머물다 간 듯
붉은 열정 빛나네

달콤한 아침 햇살
볼우물 살짝 열어
향긋한 풍미 담은
보리수 그대 이름
눈빛에
젖어든 영혼
사랑 찾는 그 설렘

떡보의 사랑

밤안개 달맞이꽃
달품에 영근 가슴
흐노니 달을 품고
지그시 스머드는
그대여
너나들이여
하염없이 흐르네

냉이꽃 옷섶 사이
헤집는 그리움들
나직한 울림 속에
봄바람 사연 실어
어울림
그대 눈빛은
내 입술을 훔치네

* 달품 : 달뿌리풀의 꽃
* 흐노니: 누군가를 몹시 그리워
* 지그시: 조용히 참고 견디는 모양
* 너나들이여: 허물없이 말을 건넴

수세미 뜨기

햇살이 마실 나와
거실에 내려앉네
차 한 잔 웃음 마당
은은한 향기로운
정겨운
웃음꽃 피는
꽃 한 송이 피었네

가을빛 오색빛깔
오감을 일깨우듯
감탄을 자아내는
한 방울 조물조물
풍성한
수세미 사랑
그대 약속 건지네

설중매의 봄

눈의 꽃 봄의 여신
요염한 맵시 품고
은은한 매화꽃 향
연분홍 연지 곤지
온 누리
향기 뿌리고
꽃그늘에 잠자네

봄기운 아름다운
수줍은 봄 처녀는
화사한 고운 자태
볼우물 살짝 열어
포근한
매화꽃 연정
봄이 오는 길목에

봄나물

꽃바람 입에 물고
거니는 쑥부쟁이

싱그런 봄맛 향미
향긋한 풍미스런

달콤이
영그는 봄빛
알근달근 맛있네

* 알근달근: 맛이 조금 매우면서 달다

숲길 따라

흰풍아 물보랏빛
틈새로 생명 품은
새들의 속삭이듯
물소리 청아한 빛
신비한
계곡의 경치
곶자왈의 용트림

계곡과 섬의 필연
찬란한 봄빛 풍경
알알이 잎새 톡톡
더불어 사는 자연
앙상블
생명의 화음
우리들은 하나로

달래 향기

이른 봄 산과 들녘
커다란 덩이타리
톡 쏘는 알싸한 맛
향긋한 봄내음을
달래향
가슴에 품은
어화둥둥 봄이여

자연의 귀한 선물
어울림 하나되는
달래향 싱그러움
입맛에 매료되어
넘치는
식탁의 풍요
함께하는 즐거움

덧없는 사랑

꽃가람 소슬바람
이슬 바심 느꺼워
동살이 배회하듯
등 돌려 눈물짓는
너와 나
꽃그늘 아래
그려놓은 그 사랑

홍매화 사랑

청연의 연못 따라
빠알간 홍매화여

베어 문 붉은 꽃잎
앙가슴 터질듯해

홀연히
붉은 꽃송이
휘파람새 같구나

* 청연 : 맑은 하늘에 낀 안개

매화꽃 피네

동풍에 사뿐사뿐
장독대 풀어놓은
초록빛 가운 눈빛
새싹들 올망졸망
하모니
꽃등을 켜는
도란도란 애기 꽃

움츠린 조각하늘
단아함 미소 피는
우단의 향기로운
형언에 알 수 없네
붉은빛
으슴푸레한
매화 향기 흐르네

제5부

그리움이 비처럼

비처럼 쏟아지네

휘영청 달 밝은 밤
오색빛 너울 빛에
달품에 그을린 맘
창가에 새겨놓은
아련한
그대 그리며
아른아른 기억들

그리움이 비처럼(1)

화월에 달맞이꽃
까만 밤이슬 젖어
흐느낌 차오르는
그리움 움켜쥐고
사르르
울림의 여운
어슴푸레 묻으리

꽃잎 따라

홍연에 이슬 바심
매화꽃 립스틱에
볼우물 살짝 열어
핑크빛 하늘하늘
꽃방석
무지개 타고
그대 찾아가는 길

* 홍연 : 아침햇살이나 석양을 받아 붉게 보이는 연기
* 이슬 바심 :이슬을 맞고 다님

산수유 따라

꽃내음 산기슭에
움트는 노란 꽃등
빵빵빵 터질듯한
함박꽃 만발하는
노란빛
향긋한 향기
황금동 산 물드네

꽈배기

하나로 돌돌 빚어
뜨거운 열꽃으로
초야의 불 밝히는
그을린 아름다운
달달한
하얀 이슬 핀
한 잎 사랑 꽃 피네

나의 사랑아

햇살이 머물다간
푸른빛 초원 위에
바람이 연주하듯
사랑이 익어가네
움트는
가슴 언저리
그대 찾아 가는 길

향이를 찾아서

푸른 숲 오솔길로
그대를 그리면서
수줍음 하얀색 꽃
별 결듯 싱그러운
은은한
향기에 취해
산속을 헤매 도네

순수한 뽀얀 얼굴
해맑은 꽃잎 열어
새소리 포근한 맘
빛나는 잎들 사이
몽롱한
꿈속의 사랑
향기 속에 잠드네

* 별 결듯 : 별이 총총 박히듯

그리움이 비처럼(2)

흐르는 시간만큼
그리움 차오르는
이슬진 길모퉁이
까르르 울어대는
서글픈
한숨 삼키며
흘러가는 꽃구름

백서향 사랑

제주의 꽂자왈 숲
오솔길 거닐면서
스치는 향기로운
은하수 흐르는 듯
초록숲
별들이 총총
오고생이 숨 쉬네

햇살이 머금은 꽃
넓은 숲 향기 채운
돌 나무 푸르름에
자연의 오묘함에
나뭇잎
바람에 실어
백서향기 취하네

* 오고생이 : 자연 그대로

눈물꽃 피네

키다리 방긋 웃네
수줍은 미소 피워
향긋한 사랑 품은
그리운 그대 얼굴
넌짓시
따뜻한 눈빛
내 가슴을 적시네

샤르르 펼쳐보네
그리운 그대 숨결
붉어진 저녁노을
젖어든 나의 영혼
숨죽여
들썩이는 맘
피어오른 내 사랑

오고생이

고개를 갸웃 갸웃
상그레 웃음 피는
오늘도 그냥저냥
하나의 원점으로
우리네
소소한 하루
마주하는 자연에

새소리 잠을 깨워
푸른 숲 들썩이네
달달한 가을 커피
하루를 풀어놓고
풀피리
향기 따라서
걸어가는 그대여

* 오고생이 : 제주 방언 그냥 그대로

곶자왈을 걸으며

원시림 천연의 숲
연리지 자갈 바위
상큼한 자연 향기
청아한 낙엽 소리
곶자왈
초록빛 생명
눈이 부신 숲이여

산사에 풍경소리
넝쿨 숲 매듭짓듯
바위에 사랑 빚은
콩자개 넝쿨 사랑
자연은
위대하도다
신비로운 곶자왈

* 곶자왈: 돌 위에 형성된 숲, 제주어 '곶'은 숲이고 '자왈'
은 자갈이나 바윗돌

바다에 서면

부서진 파도 속에
들려온 그대 숨결
터질 듯 감추어진
쓰디쓴 바다 내음
푸른빛
그리움 넘어
그대 얼굴 아련히

사랑꽃(3)

촉촉이 젖은 두 눈
옷섶에 그려놓은
그리움 수놓았네
그대여 어디메뇨
지난날
은은한 사랑
안개처럼 꽃 피네

시린 맘 부여잡고
보고픔 찻잔 속에
하얀 밤 지새우며
그리던 그대 얼굴
바람에
흩어져 버린
잊지 못할 사랑꽃

할미꽃 웃다

이른 봄 해안가에
수줍은 소녀같이
움츠린 다소곳이
눌러쓴 하얀 솜털
발그레
보일 듯 말 듯
환한 웃음 번지네

길섶에 그리는 맘
보랏빛 종을 쓰고
풀밭에 옹기종기
함초롱 보들보들
소중한
사랑의 굴레
슬픈 추억 삼키네

콩짜개 넝쿨

해 뜰 참 잎새 사이
푸른빛 대지 열고
촉촉한 땅의 기운
돌 틈과 나무 둥지
붉은빛
한 몸으로 핀
곱게 엮은 그대여

숲속의 고요한 듯
햇살과 씨름하는
이끼와 소나무들
엉키고 설킨 인연
그대여
요염한 자태
방울방울 영그네

종이꽃 사랑

붉은빛 연모하는
종이꽃 올망졸망
선명한 아름다움
매력에 퐁당 빠져
바스락
신기한 촉감
신비로운 이끌림

황금빛 꽃봉오리
옷고름 풀어놓은
고운 빛 설렘임에
함초롬 꽃잎인 듯
로단테
영원한 사랑
피고 지는 그대여

사랑꽃(4)

어스름 달 꽃 피는
현란한 안개처럼
애틋한 숨결 아래
어둠이 가슴 풀어
촉촉한
입술 사이로
피어오른 사랑아

해오름달 품다

타오른 밤하늘 숲
은하수 달무리 빛
노을 밤 어스름한
사랑의 희망 그려
한울에
나래 펼치네
사랑 행복 하노라

바다 위 쏟아지는
빛나는 용트름에
밝은 빛 달의 광채
새해와 하나 되어
온 세상
사랑을 켜는
아름드리 이곳에

그대 찾아가는 길

산마루 걸터앉아
탁 트인 마음 풀고

하늘의 빛을 따라
바람에 길을 묻네

사랑의
뜨거운 약속
행복 찾아 걷는다

바람이 품은 사랑과 그리움의 노래

– 윤소영 세 번째 시조집 『바람이 시를 짓다』

최 봉 희(시조시인, 평론가, 글벗 편집주간)

시조는 우리 문학사에서 가장 빛나는 문학 양식이다. 다른 문학 장르와는 달리 매우 오랜 시간에 걸쳐 계승 발전하여 오늘에 이른 세계 유일의 문학 장르다.

우리 선조들은 시조를 창작할 때 허투루 하지 않고 무엇보다도 절제와 극기를 바탕으로 한 시조의 형식적인 규범의 틀을 존중하여 모범으로 삼았다. 시조의 핵심은 절제미(節制美), 긴장미(緊張美), 균제미(均齊美), 완결미(完結美)에 달려 있기 때문이다.

선조들은 3장 6구라는 제한적 틀 안에서 미적인 감각 요소들을 창출해 왔다. 퇴계 이황, 율곡 이이, 고산 윤선도 선생 등의 유명한 시조 작품은 단 한번도 시조의 정제된 틀에서 벗어나거나 규범에 일탈한 법이 없었다. 물론 연시조를 활용하지만 다른 어떤 장르들보다도 엄격한 시어의 선택과 응축과 절제된 표현 기교가 요구된다. 바로 시조가 풍기는 은은한 향기다. 그런 의미에서 윤소영 시인의 시조 쓰기는 매우 의미 있는 일이다. 어느덧 세 번째 시조집을 발간하게 되었다.

이제 K-POP이 세계 중심에 있듯이 우리 겨레의 고유 시가인 시조의 대중화, 세계화가 화두로 떠오르고 있다. 따라서 우리의 시조를 확실히 알고 가꾸어나가는 시인만이 시조의 세계화와 대중화에 앞장설 수 있는 자격이 있다고 생각한다. 이에 함께 할 만한 시인이 바로 윤소영 시인이다.

아름다운 시조가 되려면 시의 리듬을 살려야 한다. 시조를 창작한 후에 시조를 소리 내어 읽어보도록 해야 한다. 자연스럽지 못하고 막히는 부분이 있다면 리듬에 문제가 있는 것이다.

그렇다면 시조의 아름다움은 어디에 있을까? 글 쓰는 기쁨은 언제 우리에게 오는 것일까? 시조는 선경후정(先景後情)의 구조적 틀을 갖춰서 압축적으로 표현해야 아름다운 시조작품을 구현랄 수 있다. 다시 말해 시조의 3장 형식의 압축적 표현으로 완결의 미학을 추구하는 것이다. 시조가 지닌 절제미와 간결미, 그리고 독특한 율격에 긴장으로 이어지면 의미의 전달력이 매우 큰 힘을 발휘하기 때문이다. 그런 의미에서 시인은 시조를 쓰고 읽는 바로 지금, 이 순간이 가장 행복한 순간이 아닐까 한다.

시조 시인은 지금 시조를 쓰는 이 순간, 그리고 시조를 읽는 순간, 삶의 기쁨을 찾지 못하면 언제나 힘들고 외롭다. 시조 쓰기와 읽기는 기쁨의 과정이 되어야 한다.

입에서 나온 말은 단지 귀를 즐겁게 하지만, 가슴에서 나온 시조는 사람들의 가슴을 울린다. 삶에서 우러나온 진실한 시조는 우리의 마음은 물론 손발을 움직이게 한다.

그런 의미에서 시조는 읽고 또 읽어보고, 쓰고 또 쓰면서 퇴고하고 또 다듬어야 한다. 아울러 시어를 바꾸고 또 바꾸면서 적절한 시어를 찾아 글 쓰는 것은 절대 지나치지 않다. 그런 의미에서 시조 쓰기는 머릿속을 뒤지고 마음을 휘저어 찾아낸 것이어야 한다.

시조를 쓸 때 특히 유의해야 할 점은 참신성과 창의성이 있어야 한다. 이왕이면 흔히 볼 수 있는 소재, 알기 쉬운 단어, 그리고 읽기 쉽고 외우기 쉬운 문장이어야 한다.

글벗문학회 시조시인 중에 자연을 벗 삼아서 시조에 대한 배움의 열정을 지닌 시조 시인이 있다. 자신의 다양한 경험을 살려서 기쁨과 행복으로 글을 쓰는 시조 시인이 있다. 바로 제주도에서 활동하는 윤소영 시인이다.

우리는 평범한 말속에 우리는 힘을 얻고 용기를 얻는다. 시인은 자신이 사는 제주도의 다양한 대상을 시적 상상으로 옮겨서 자신만의 표현을 구사하고 있다. 예를 들면, '돌하르방, 곶자왈, 오름, 제주 갈옷, 곶자왈 숲길' 등이 그것이다.

윤소영의 시조집 표제 시조인 「바람이 시를 짓다」를 감상해 보자.

온풍에 내려앉은
새싹들 올망졸망

햇살이 머물다간
꽃잎들 알록달록

푸른빛
내 마음 펼쳐
바람이 시를 짓다
- 시조 「바람이 시를 짓다」 전문

 제주도의 자연을 거닐면서 느낀 자연에서 키운 마음을 시
조로 적은 작품이다. 경험을 담지 않고는 좋은 시조가 탄
생할 수가 없다. 마치 시조를 창작하는 것은 자연을 만나
고 햇살을 받으면서 나무에 꽃을 피우는 일과 같다. 나무
를 애써 가꾸지 않고서 갑작스레 아름다운 꽃을 얻은 일은
절대 일어날 수가 없다. 그래서 시인에게는 다양한 경험과
독서가 필수적이다.

높다란 푸른 하늘
새들의 웃음소리
바람과 나무 사이
생명이 꿈틀거린
물소리
자연의 풍경
신비로운 곶자왈

경관의 푸른 볕뉘
계곡물 흰여울 빛
알알이 잎새꽃이
톡톡 피어오른 듯
어울림
찬란한 자연
물 보랏빛 꽃 피네
– 시조 「곶자왈 숲길」 전문

　윤소영 시인이 사는 곳은 제주도다. 그는 자연과 함께하
는 삶 속에서 아름다운 행복을 찾고 있다. 그의 시조에는
아름다운 제주도의 방언과 아름다운 우리말을 살려 쓰는
노력이 돋보인다. 시조 「곶자왈 숲길」에서도 윤소영 시
인의 시조 사랑의 열정이 눈에 띈다. 그가 사용하는 시어
중에 작은 틈으로 잠시 비춰드는 햇빛을 '볕뉘'라는 어휘와
물이 맑고 깨끗함을 뜻하는 '흰여울'이란 시어 사용은 물론
이고 종장에서 절창으로 쓰인 핵심 시어인 '어울림'이란 시
어 사용도 멋지다.

　아름다운 시상은 마음에서 싹튼 것이다. 아름다운 마음으
로 산다면 행복한 삶을 살 수 있다. 물론 미움도 마음으로
키운 것이다. 시조의 문장은 곧 조화로움 속에서 돋보인다.
결론적으로 마음으로 시조를 쓰는 사람은 독자에게 감동을
준다. 손으로만 쓰는 시조는 절대로 공감을 주지 못한다.

원시림 천연의 숲
연리지 자갈 바위
상큼한 자연 향기
청아한 낙엽 소리
곶자왈
초록빛 생명
눈이 부신 숲이여

산사에 풍경소리
넝쿨 숲 매듭짓듯
바위에 사랑 빚은
콩자개 넝쿨 사랑
자연은
위대하도다
신비로운 곶자왈
  – 시조 「곶자왈을 걸으며」 전문

  시조를 어떻게 쓸 것인가? 시인마다 많은 고뇌와 성찰을 통해서 자신의 시심을 닦고 있다. 글을 쓰지 않으면 못 견디는 일종에 강박관념도 따른다. 흔히들 '바람직하고 건설적인 병'이라고 말을 한다.
  시의 소재, 즉 쓸거리를 얻기 위해서는 앞에서 말한 것처럼 여행이라는 체험과 독서라는 경험이 필요하다. 생활 주변에서 보고 듣고, 스스로 겪은 일에서 감동을 받았거나 갑자기 떠오른 생각을 시조라는 형식으로 그려내고 싶은 시상이 떠오르게 마련이다.

산마루 걸터앉아
탁 트인 마음 풀고

하늘의 빛을 따라
바람에 길을 묻네

사랑의
뜨거운 약속
행복 찾아 걷는다
 - 시조 「그대 찾아가는 길」 전문

 시조는 어떻게 써야 할까? 주제가 명확해야 한다. 윤소영
의 시조 「그대 찾아가는 길」은 편안하게 공감할 수가 있
다. 제주도 자연에서 시인은 하늘의 빛과 바람에게 행복의
길을 묻는다. 사랑의 뜨거운 약속을 믿고 행복 찾아서 걷
는 것이다. 시조가 쉽고 간결하다. 압축적으로 주제를 선명
하게 구현하고 있다. 다시 말해서 시조의 주제가 명확해야
한다. 할 말이 명확하지 않으면 횡설수설하게 마련이다.
 시조는 무엇보다도 도입부도 흥미롭고 주제와 직결해야
한다. 아울러 시조는 중요한 대목을 두루 짚어야 한다. 이
는 시의 완결성과 직결된다. 논리의 흐름도 순조로워야 한
다. 시조에서 그만큼 구성이 중요하다. 앞에서도 언급했지
만 가능하면 이해하기 쉬운 시어가 쓰여야 한다. 독자의
공감이 없는 시는 죽은 시이기 때문이다. 더불어 마지막
종장에서 울림이 일어나야 한다.

윤소영 시인의 또 다른 작품을 살펴보자.

> 떨어진 잎새 위에
> 곱게 핀 내 사랑은
> 또르르 햇살 굴려
> 창가에 드리우는
> 밝은 빛
> 햇살 머무는
> 아름다운 그대여
>
> 못난이 뉘엿뉘엿
> 함지박 햇살이고
> 산기슭 꼬부랑길
> 헤집고 걷는 발길
> 종소리
> 임을 그리며
> 그대 찾아 가노라
> – 시조 「그대를 찾아」 전문

윤소영 시조의 종장에서 가장 많이 등장하는 어휘가 '그대 찾아 간다'는 시어다. 총 6회 등장한다. 물론 그대는 사랑하는 사람일 수도 있고, 시인이 꿈꾸는 낙원이자 행복일 수도 있다. 그런데 중요한 것은 행복은 자연이 함께하는 공간에서 성취된다는 것이다. 왜냐하면 시인이 곧 자연이고 자연이 곧 시인을 대변하는 목소리이기 때문이다.

재 넘어 울퉁불퉁
비탈길 오솔길 숲
오롯이 그대 찾아
길섶에 흐트러진
홀로 핀
들꽃 향기에
아려오는 그리움

모닥불 사랑으로
야릇한 이끌림에
저녁놀 익어가는
대지에 피운 희망
촉촉이
젖어든 그대
영원하리 내 사랑
– 시조 「그대 먼 곳에」

 글쓰기는 이렇게 먼 곳을 찾아서 가는 여정이다. 결국 일
상의 발견을 통해 그대(사랑하는 사람, 또는 행복 등)를
찾아가는 과정이다. 이는 새롭게 낯선 곳을 찾아가는 과정
이다. 그래서 글쓰기는 '힘든 여정'이다. 일상의 삶을 대상
으로 소재를 찾고 다루다 보니 소재의 가벼움을 재는 일부
터 만만치 않다. 소재가 한정되어 있다 보니 더 멀리 더
넓은 곳을 찾아가야 한다. 이미 주변의 소재는 발표된 다
른 시인의 글이 많다. 이미 쓴 글과 중복되는지 확인도 필
요하다. 새로운 소재로 글을 쓰고 싶은 욕망은 큰 법이다.

그래서 나는 제일 먼저 남이 다루지 않는 소재를 중심으로
시를 쓰라고 권면하고 싶다.
 윤소영 시인의 다른 작품 「내 안에 그대」를 만나보자.

 이슬 핀 눈망울꽃
 까만 밤 별꽃같이
 얼기설기 엮어서
 처마에 매달았네
 서서히 시간 속으로
 흘러가는 내 영혼

 핑크빛 해맑은 꿈
 푸른빛 별빛처럼
 촉촉이 스며들듯
 향기에 취한다네
 청아한 영혼의 울림
 빛과 꽃등 켜는 날

 오롯이 그대만을
 등 뒤에 감춰놓고
 애틋한 가슴 풀어
 간절한 사랑 품네
 볼웃음 넘치는 기쁨
 사랑 노래 부르네
 – 시조 「내 안에 그대」 전문

시인은 내면에 잠겨 있는 애틋하게 품은 그 무엇이 있는가 보다. 그래서 시조를 통해서 사랑의 노래를 그렇게도 부르고 싶었는지도 모른다. 어쩌면 시인이 시조를 쓰는 이유가 여기에 있는지도 모른다. 다시 말해 둘째 수 종장에서 언급한 것처럼 청아한 영혼의 울림을 찾고, 행복한 기쁨을 만끽할 수 있는 빛과 꽃등 켜는 날을 기다리고 있다.

산기슭 붉은오름
흰 눈이 흩뿌리는

빠알간 체리 물고
끝없이 부르짖는

동박새
구슬픈 소리
흔들리는 동백아
- 시조 「눈물짓는 동백」 전문

시조는 '쉽게' 써야 한다. 이에 시인들의 노력이 필요하다. 시조를 쉽게 쓰기가 어려운 것은 간결과 압축, 과장과 생략이 필수적이기 때문이다. 많은 것을 담으려는 욕심으로 시조 쓰기가 어려워질 때가 많다. 시조에 체계적이고 구체적인 내용이 없으면 알맹이 없는 시조가 되기가 쉽다. 무엇보다 이를 위해서는 소재 수집과 관찰 단계에서 많은 노력이 필요하다.

시상이 떠올랐거나 어떤 소재를 발견해서 시조의 소재를 찾아내고 소재의 외형만 보아서는 안 된다. 내면의 세계까지 현미경적 관찰을 통해 그 특성을 찾아내야 한다. 찾아낸 소재 중에서 이글에 가장 걸맞은 소재, 소재의 특성 파악을 통해 여러 각도에서 검토하여 추려내야 한다.

푸른 빛 바닷소리
그윽이 품은 내음

입맛은 베지근해
고소한 웃음 피네

싱그런
제주의 바다
그리워라 그 향기
– 시조 「성게미역국」 전문

제주도의 '성게미역국'을 소재로 쓴 시조다. '베지근하다'는 시어가 돋보인다. '고기 따위를 푹 끓인 국물이 구미가 당길 정도로 맛이 있다.'는 표현이다. 시조도 마찬가지다 푹 끓인 어휘가 있어야 시조의 맛이 나는 법이다. 이는 경험하지 않으면 그 맛을 알 수가 없다. 결국은 여행이나 독서가 필요하다. 누군가를 만나지 않으면, 그리고 어딘가로 떠나지 않으면, 우리의 하루는 특별한 날은 결코 없다. 쳇바퀴 돌 듯이 그냥 반복의 일상일 뿐이다. 직장에서 겪는 일, 가족과 함께 보내는 일, 틈틈이 산책하는 일, 그리고 친구와 지인들과의 만남 등이 주요 소재가 된다. 아주 단순한 일상에서 삶의 의미를 찾는 일은 참으로 힘든 법이다. 그래서 시인의 삶에는 여행도 필요하고 독서도 필요한 법이다.

> 화월에 달맞이꽃
> 까만 밤이슬 젖어
> 흐느낌 차오르는
> 그리움 움켜쥐고
> 사르르
> 울림의 여운
> 어슴푸레 묻으리
> – 시조 「그리움은 비처럼(1)」 전문

오늘도 윤소영 시인은 제주도 오름과 바닷가를 거닌다. 콧노래를 부르면서 흥얼거리듯 시를 읊고 해안가 풀섶에서 들꽃 향기도 만난다. 가슴 가득히 바다향 추억을 더듬으면서 그리움을 찾는다. 뭍에는 자신이 그리는 고향이 있고 추억이 있다. 그리고 사랑하는 임도 있다. 그러나 고단한 삶에서 넘어서지 못하는 길이다. 그래서 시인은 바닷가에 앉아서 동백꽃이 되어서 그리움의 시를 쓰고 있다.

> 여명이 돛을 달고

해오름 아련한 듯
심장을 뒤흔드는
꽃송이 떨구듯이
애절한
그리움으로
사각사각 꽃 피네
– 시조 「동백꽃」 전문

한마디로 윤소영 시인의 세 번째 시집 『바람이 시를 짓
다』는 자신이 사랑하는 제주와 그의 삶을 바람이 되어서,
때로는 꽃이 되어 사랑과 그리움을 노래하고 있다. 그래서
필자는 윤소영 시조의 특징을 '바람(자연)이 품은 사랑과
그리움의 노래'라고 규정하고 싶다.

붉은빛 저고리에
진초록 치맛자락

꼬까신 분홍코 섶
순백의 하얀 얼굴

까르르
웃음꽃 피는
그대 찾아 가는 길
– 시조 「동백꽃 사랑」 전문

위의 시조에서 보는 것처럼 시인은 오늘도 시조를 쓰면서

그대(사랑, 행복)을 찾아나서고 있다. 붉은 저고리에 진초록 치마를 입고 꼬까신을 신은 순백의 시인은 까르르 웃음꽃 피는 행복을 찾아가는 것이다. 시조를 창작하는 아름다운 길이 기쁨과 행복이 가득한 길이 되길 응원한다.

다시금 윤소영 시인의 다섯 번째 작품집이자 세 번째 시조집인 『바람이 시를 짓다』의 출간을 축하하면서 다시금 응원의 박수를 보낸다.

사랑의 빛깔과 그리움으로 수놓은 그의 시조 창작의 노력과 열정, 그리고 끊임없는 배움을 응원한다. 아울러 부디 많은 독자들의 공감을 얻기를 바란다.

그의 건강과 건승을 기원한다.

■ 글벗시선 213 윤소영의 세 번째 시조집

바람이 시를 짓다

인 쇄 일 2024년 4월 10일
발 행 일 2024년 4월 10일
지 은 이 윤 소 영
펴 낸 이 한 주 희
펴 낸 곳 도서출판 글벗
출판등록 2007. 10. 29(제406-2007-100호)
주   소 경기도 파주시 와석순환로 16,(야당동)
          롯데캐슬파크타운 905동 1104호
홈페이지 http://cafe.daum.net/geulbutsarang
E-mail   juhee6305@hanmail.net
전화번호 031-957-1461
팩   스 031-957-7319
가   격 12,000원
I S B N 978-89-6533-281-7 04810

* 잘못된 책은 바꿔 드립니다.